ISOCRATE.

LE PANÉGYRIQUE,
ou
ÉLOGE D'ATHÈNES.

TRADUCTION FRANÇAISE.

ISOCRATE.

LE PANÉGYRIQUE

OU

ÉLOGE D'ATHÈNES,

TRADUCTION FRANÇAISE DE L'ABBÉ AUGER,

REVUE ET CORRIGÉE.

PARIS.

IMPRIMERIE ET LIBRAIRIE CLASSIQUES

DE JULES DELALAIN ET Cⁱᵉ,

FILS ET SUCCESSEURS D'AUGUSTE DELALAIN,

RUE DES MATHURINS St-JACQUES, N° 5, PRÈS LA SORBONNE.

M DCCC XL.

Toutes nos Éditions sont revêtues de notre griffe.

Jules Delalain et Cie

ISOCRATE.

LE PANÉGYRIQUE,
OU
ÉLOGE D'ATHÈNES.

SOMMAIRE.

Isocrate, orateur athénien, ne parut jamais à la tribune publique; il se contenta d'acquérir de la gloire *privatos intra parietes*, comme dit Cicéron. Cependant il récita, au milieu des jeux olympiques, cette fameuse harangue, connue sous le nom de *Panégyrique*, dont la composition lui avait demandé la durée de trois olympiades. Il y fait un bel éloge de la ville d'Athènes, et exhorte les Grecs à faire le sacrifice mutuel de leur rivalité, pour réunir tous leurs efforts contre les Perses, leurs ennemis communs. Le conseil paraissait s'adresser principalement à Philippe; mais la mort de ce prince arrêta l'effet que devait produire ce discours. On dit cependant que ce fut en le lisant, qu'Alexandre conçut l'idée de marcher contre Darius.

Le Panégyrique est du genre mixte : si, d'après le précepte de Quintilien, nous en considérons le but, il appartiendra au *délibératif;* mais si nous souscrivons au jugement de Denys d'Halicarnasse, la délibération n'aura été qu'un prétexte pour amener l'éloge d'Athènes, et alors il tiendra du *démonstratif.*

Isocrate a pris la peine de nous donner lui-même le plan et le sommaire du Panégyrique, dans son discours περὶ Ἀντιδόσεως (sur l'Echange de biens). Nous ne croyons pouvoir mieux faire que de traduire ici ses propres paroles :

Isocrate. Panégyr.   1

« Le Panégyrique a été composé dans ces temps où
» les Lacédémoniens avaient l'empire de la Grèce, et
» où la puissance d'Athènes était bien faible. J'y en-
» gage les Grecs à entreprendre une expédition contre
» les Barbares, et je conteste aux Lacédémoniens l'em-
» pire qu'ils se sont arrogé. Pour prouver la vérité
» de ce que j'avance, je fais voir que tous les biens dont
» jouit la Grèce, c'est notre patrie qui les leur à pro-
» curés ; et, afin de démontrer jusqu'à l'évidence que
» le premier rang appartient à la ville d'Athènes, après
» avoir énuméré les différents bienfaits dont les Grecs
» lui sont redevables, j'insiste sur les exploits de nos
» guerriers, et j'en conclus que, sous ce dernier point
» de vue, sa prééminence est plus incontestable en-
» core. »

Puis se tournant vers les juges : « Délibérez, leur
» dit-il, si mes discours vous paraissent de nature à
» corrompre la jeunesse, ou à enflammer leur courage
» et leur amour de la patrie ; s'ils doivent attirer sur
» moi la flétrissure d'une amende, ou les plus grandes
» actions de grâce ! En effet, j'ai célébré si dignement
» la gloire des Athéniens, que tous ceux qui, avant
» moi, avaient traité ce sujet ont rougi de leur infério-
» rité, et que les orateurs d'aujourd'hui qui passent
» pour les plus éloquents, n'osent point se risquer à
» le traiter encore après moi. »

Isocrate a repris sous œuvre les deux parties de ce
discours ; savoir, le projet d'expédition contre les Barbares dans son discours à *Philippe*, et la prééminence
d'Athènes sur Lacédémone dans son *Panathénaïque*.
On dirait que cet orateur a pris à tâche d'enchérir
encore sur son brillant Panégyrique, et, pour ainsi
dire, de se surpasser lui-même.

FL. LÉCLUSE.

LE PANÉGYRIQUE,

OU

ÉLOGE D'ATHÈNES.

I. Je n'ai jamais vu sans surprise que les institu-
teurs des jeux solennels et des grandes assemblées
de la Grèce aient destiné les prix les plus hono-
rables pour la force et pour l'agilité du corps; et
qu'ils n'aient réservé aucune récompense pour
ces hommes qui consacrent leurs veilles à l'intérêt général, et qui, se recueillant en eux-mêmes,
cultivent leur esprit pour se rendre utiles aux autres. Ceux-ci néanmoins semblaient plus dignes
de leur attention. En effet, quand les athlètes
auraient tous le double de force et de souplesse,
pas un de nous n'en serait ni plus adroit ni plus
robuste; au lieu que chacun peut se rendre propres les lumières d'un homme seul, en partageant
avec lui la sagesse. Ces réflexions, bien capables
de me décourager, n'ont pu éteindre ni même ra-
lentir mon ardeur. Content de la gloire que j'at-
tends de ce discours, et la jugeant un prix digne
de mes vœux, je viens conseiller aux peuples de
la Grèce de mettre fin à leurs dissensions, de réunir
leurs forces et de marcher contre les Barbares [1].
Je n'ignore pas qu'un grand nombre d'écrivains
habiles, anciens et modernes, m'ont déjà prévenu; mais j'espère me produire avec assez d'a-
vantage, pour faire oublier ce qui a été dit avant
moi. D'ailleurs, ces sujets-là me semblent les plus

1. On sait que les Grecs donnaient le nom de Barbares
à tous les peuples qui n'étaient pas de leur nation.

heureux, qui roulant, comme celui-ci, sur de
grands intérêts, peuvent procurer et le plus de
célébrité aux orateurs qui les traitent, et le plus
d'utilité aux peuples qui les écoutent. Ajoutons
que les circonstances ne sont pas tellement changées, qu'il soit inutile de reprendre le même objet. Lorsque les affaires entièrement consommées
ne donnent plus lieu à la délibération, ou que,
parfaitement éclaircies, elles ne laissent rien de
mieux à dire; c'est alors seulement qu'on doit
s'imposer le silence. Mais puisque l'état de la
Grèce est toujours le même, et que jusqu'à ce
moment on a parlé avec si peu de succès, pourquoi n'essaierait-on pas de composer un discours
qui, s'il produit son effet, nous délivrera de toutes nos guerres intestines, des troubles qui nous
agitent, des maux sans nombre qui nous accablent? Enfin, s'il n'était qu'une manière de pré-
senter les choses, ce serait vainement qu'on
viendrait fatiguer les auditeurs en faisant repa-
raître les mêmes objets sous la même forme. Mais
puisqu'il est donné à l'éloquence de revenir sur
des sujets qui semblaient épuisés, de rabaisser
ce qui est grand aux yeux de l'opinion, de re-
hausser ce qui paraît le moins estimable, de
prêter à ce qui est ancien les grâces de la nou-
veauté, et les traits de l'antiquité à ce qui est
nouveau; pourquoi rejetterions-nous des sujets
qui ont déjà exercé le génie de nos orateurs, au
lieu de travailler à les remplir d'une façon plus
satisfaisante? Les événements passés sont un do-
maine commun, abandonné à tous les hommes;
en faire usage à propos, en tirer les réflexions
convenables, ajouter à la beauté des idées les
charmes de l'expression; c'est le talent propre de
l'homme habile et sage. Le moyen, selon moi,
d'encourager les arts, et principalement celui de
la parole, ce serait d'honorer et de récompenser,

non ceux qui ont saisi les premiers un sujet, mais
ceux qui l'ont le mieux rempli ; non ceux qui
cherchent à parler sur des matières neuves, mais
ceux qui parlent d'une manière neuve sur des
objets déjà traités.

II. Il en est qui blâment ces discours travaillés
avec art, dont la diction s'élève au-dessus du langage ordinaire, et qui, dans leurs fausses idées,
confondent les harangues qui demandent le plus
de soin, avec ces plaidoyers où il ne s'agit que
d'intérêts médiocres : comme si ces deux genres
de discours ne différaient pas essentiellement ;
que dans les uns il ne suffît pas d'être solide, que
dans les autres il ne fallût pas encore être orné ;
ou comme si les censeurs de nos ouvrages étaient
les seuls qui connussent le mérite de la simplicité, et que l'orateur qui possède toutes les ressources de son art, ne pût pas être brillant ou
simple à son gré. Mais il est facile de voir que
ces sortes de gens n'estiment que ce qui se rap-
proche le plus de leur faiblesse. Au reste, ce n'est
pas pour eux que j'écris ; c'est pour ces connais-
seurs difficiles, qui n'approuvent pas au hasard,
qui pèsent toutes les expressions d'un discours,
et qui s'attendront à trouver dans le mien ce
qu'inutilement ils chercheraient ailleurs. C'est à
eux que je m'adresse, et, après leur avoir dit avec
confiance un mot encore de ce qui me regarde,
j'entrerai en matière. La plupart des orateurs,
pour porter à l'indulgence ceux qui les écoutent,
ne manquent pas, dans leurs exordes, de pré-
texter le peu de loisir qu'ils ont eu pour se pré-
parer, et d'exagérer la difficulté de trouver des
expressions qui répondent à la grandeur des choses. Pour moi, j'ose le dire, si je ne m'exprime pas
d'une manière digne de mon sujet, digne de la
réputation que je me suis acquise, digne de mon
âge et de mon expérience, et du temps que j'ai

consacré à ce discours ; je ne demande aucune
grâce, je me livre aux traits de la censure la plus
amère ; et certes, je ne mériterai que du mépris,
si, après de si magnifiques promesses, je ne dis
rien de mieux que les autres. Mais c'est assez parler de moi, passons aux affaires publiques. Les
orateurs qui débutent par demander que les
Grecs, renonçant à leurs inimitiés mutuelles,
réunissent leurs efforts contre le roi de Perse ;
ces orateurs qui aiment à décrire les maux sans
nombre causés par nos guerres intestines, et les
avantages que procurerait une expédition contre
l'ennemi commun, disent bien ce qui devrait
être ; mais, faute de remonter au principe, ils ne
verront jamais l'heureux effet de leurs conseils.
Tous les peuples de la Grèce se rangent sous les
enseignes d'Athènes ou de Lacédémone ; la plupart d'entre eux se décident par la nature du
gouvernement qu'ils ont adopté : or, s'imaginer
que les autres Grecs se réuniront pour le bien
général, avant qu'on ait réconcilié entre eux les
chefs de la nation, c'est être dans l'erreur, et
manquer absolument le vrai point des affaires.
L'orateur sage, qui, peu touché d'une vaine
réputation d'éloquence, s'occupe d'un succès
solide, doit mettre son étude à persuader aux
deux républiques rivales, de n'affecter aucune
supériorité, de partager entre elles l'empire dans
la Grèce, et, au lieu de chercher à s'assujettir
les peuples de leur nation, de tourner toutes
leurs forces contre les Barbares.

III. Il est aussi facile d'amener à ce parti la
république d'Athènes, qu'il l'est peu d'y déterminer les Lacédémoniens. Ils se sont persuadé
à tort qu'ils ont un ancien droit à la primauté ;
mais si on leur prouve que la prééminence leur
est moins due qu'à nous, ils renonceront peut-
être à leurs prétentions particulières, et se por-

teront à ce que demande l'intérêt public. C'est là
ce que les orateurs qui m'ont précédé devaient
examiner d'abord, sans nous donner des conseils
sur les points convenus, avant que de lever les
obstacles sur les objets contestés. Le point essen-
tiel qu'ils ont omis, je dois m'attacher à l'éclaircir;
et deux raisons m'y engagent. La première et la
principale est d'opérer quelque effet utile, et de
porter les Grecs à terminer leurs querelles pour
attaquer en commun les Barbares : ou, si je ne
puis réussir, je ferai du moins connaître quels
sont ceux qui s'opposent au bonheur de la Grèce,
et je prouverai aux Grecs qui m'écoutent, que
notre république a joui en tout temps, et à juste
titre, de l'empire maritime, et que c'est encore
avec justice qu'elle réclame aujourd'hui le commandement. Et d'abord, si, dans tous les cas,
on doit honorer ceux qui réunissent de grandes
forces et une grande expérience, nous devons
incontestablement recouvrer l'empire dont nous
avons été en possession. En effet, qui pourrait
citer une république aussi distinguée dans les
combats sur terre, que la nôtre s'est signalée sur
mer? Mais si, sous prétexte que les choses hu-
maines sont sujettes à mille révolutions, et que
les mêmes peuples ne jouissent pas toujours de
la même puissance, quelqu'un trouvait ce rai-
sonnement peu solide, et voulait que la prééminence, ainsi que toute autre prérogative, appar-
tînt à ceux qui en ont joui les premiers, ou qui
ont rendu aux Grecs les plus signalés services;
nous attaquer par de telles raisons, ce serait combattre en notre faveur. Car plus nous reculons
dans les siècles pour examiner ce double titre de
primauté, plus nous laissons derrière nous ceux
qui nous le contestent.

IV. C'est un fait généralement reconnu, que
notre ville est la plus ancienne de la Grèce, la

plus grande et la plus renommée dans tout l'uni-
vers. A ce premier avantage si glorieux, nous en
joignons d'autres qui lui sont supérieurs, et qui
nous donnent droit à des distinctions. La terre que
nous habitons, nous ne l'avons ni usurpée sur
d'autres peuples, ni occupée lorsqu'elle était va-
cante ; nous ne sommes pas un mélange confus de
plusieurs nations ; mais notre origine est si belle
et si noble, que la terre même qui nous a donné
naissance est celle que nous n'avons jamais cessé
de posséder : nous sommes *autochthones*. Seuls,
parmi les Grecs, nous pouvons donner à notre
contrée les noms par lesquels on désigne les objets
les plus chers, et l'appeler à la fois du doux nom
de patrie, de mère, de nourrice. Telle est néanmoins l'origine que doivent produire les peuples
dont la fierté n'est pas un vain orgueil, qui dis-
putent avec droit la prééminence, et qui ne cessent de vanter leurs ancêtres.

V. Ces prérogatives qui ont illustré notre origine, ne sont qu'un présent de la fortune : mais
les biens de tout genre dont jouissent les autres
Grecs, sont en grande partie notre ouvrage. Pour
montrer dans tout leur jour les bienfaits dont ils
nous sont redevables, remontons aux premiers
siècles, et représentons, selon l'ordre des temps,
la conduite constante de notre république. On
verra que la Grèce entière a reçu de nous, non-
seulement l'exemple du courage, mais encore la
douceur des mœurs, l'art de gouverner les Etats
et de pourvoir aux besoins de la vie. Parmi les
services que nous avons rendus à la nation, je ne
choisirai pas ceux que leur peu d'importance a
enseveli dans les ténèbres et dans l'oubli, mais
ceux que leur éclat a placés dans le souvenir de
tous les hommes, et rendus mémorables dans tous
les pays et pour tous les âges.

VI. Les premiers besoins qui se firent sentir

aux mortels, c'est notre ville qui leur apprit à les soulager. Quoique les faits que je vais rapporter appartiennent aux temps fabuleux [1], je me crois néanmoins obligé d'en parler. Cérès, après l'enlèvement de sa fille, parcourant le monde, vint dans l'Attique, et y reçut de nos ancêtres ces bons offices qui ne peuvent être dévoilés qu'aux seuls initiés. Touchée de reconnaissance, elle leur fit à son tour les deux plus beaux présents que les dieux puissent faire aux hommes ; elle leur donna l'agriculture, par laquelle nous sommes dispensés de vivre comme les brutes, et leur apprit les sacrés mystères qui, les affranchissant des craintes de la mort, remplissent leur âme des plus douces espérances d'une autre vie. Enrichie de ces présents divins, et aussi amie des hommes qu'aimée des dieux, notre ville, sans garder pour elle seule les biens qu'elle avait reçus, en a fait part généreusement à tous les autres peuples. Nous enseignons encore, tous les ans, les mystères que nous apprîmes de Cérès ; nous avons enseigné à la fois, et dans le même temps, les avantages de l'agriculture, toutes ses ressources, et ses usages divers.

VII. Et, si quelqu'un refusait de croire les faits que nous citons, peu de mots suffiraient pour le convaincre. Car si on les méprise, ces faits, parce qu'ils sont anciens, c'est leur ancienneté même qui en atteste la vérité. Confirmés par le témoignage d'un grand nombre d'hommes qui les ont publiés ou qui en ont entendu faire le récit, on doit les regarder comme d'autant moins suspects,

1. Les anciens distinguaient comme nous les temps fabuleux, les temps héroïques et les temps historiques : mais ils ne regardaient pas comme faux tous les faits rapportés par la fable. Plusieurs étaient reconnus pour des faits de la plus haute antiquité, transmis par une tradition certaine, et recueillis dans les écrits des poëtes.

qu'ils sont moins nouveaux. D'ailleurs, nous ne sommes pas réduits à n'appuyer leur certitude que sur la durée non interrompue d'une tradition populaire; nous avons pour les établir des preuves plus convaincantes. La plupart des villes nous envoient tous les ans les prémices de leurs moissons comme un témoignage authentique du plus ancien de nos services. Celles qui ont négligé de nous payer ce tribut, la Pythie leur a souvent enjoint de nous envoyer une partie de leur récolte, et de faire revivre à notre égard l'usage de leurs pères. Eh! quels faits méritent plus notre croyance, que des faits appuyés sur les réponses de l'oracle, sur le témoignage de la plupart des Grecs, sur l'accord d'une tradition antique avec les usages actuels, sur le concours de ce qui s'est dit de tout temps avec ce qui se fait encore aujourd'hui.

VIII. Mais, indépendamment de toutes ces preuves, si nous examinons les choses dans le principe, nous verrons que la vie des premiers mortels était bien différente de ce qu'elle est de nos jours, et que ce n'est que par degrés que les hommes ont pourvu à leurs besoins. Mais quel est le peuple qui peut avoir reçu des dieux, ou avoir trouvé par ses propres réflexions, l'art d'ensemencer les terres? N'est-ce pas celui qui, de l'aveu de tous les autres, a existé avant tous, et qui joint au génie le plus inventif pour les arts, le plus grand respect pour le culte religieux? Quelles distinctions doivent être réservées à de tels bienfaiteurs du genre humain? il serait aussi inutile de le montrer, qu'impossible d'imaginer un prix pour de pareils services. Nous n'en dirons pas davantage sur le plus grand de nos bienfaits, le plus ancien et le plus universel.

IX. Vers le temps même dont nous parlons, les Barbares occupaient des pays immenses, tandis que les Grecs, resserrés dans des bornes étroites, et se disputant un petit espace du globe, s'entre-déchiraient par des guerres mutuelles, et périssaient tous les jours par la violence des armes ou par les rigueurs de l'indigence. Touchée du triste état de la Grèce, notre république envoya partout des chefs qui, prenant avec eux les plus indigents, et se mettant à leur tête pour les commander, vainquirent les Barbares, fondèrent plusieurs villes dans l'un et l'autre continent[1], conduisirent des colonies dans toutes les îles, et par là sauvèrent à la fois ceux qui les avaient suivis et ceux qui étaient restés : ils laissèrent aux uns dans leur pays un sol qui suffisait pour les nourrir, et procurèrent aux autres un terrain plus vaste que celui qu'ils avaient abandonné. Embrassant dès lors toute cette étendue que nous occupons encore, nous fournîmes des facilités aux peuples qui, à notre exemple, voulurent établir par la suite de nouvelles colonies : sans être obligés de combattre pour conquérir un pays nouveau, ils n'avaient qu'à se rendre dans les lieux que nos conquêtes leur avaient ouverts. Peut-on donc nous montrer une primauté dont les titres soient plus anciens que celle qui précède la fondation de la plupart des villes grecques, ou dont les effets aient été plus utiles que celle qui a repoussé les Barbares, et enrichi la Grèce en reculant au loin ses limites ?

X. L'exécution de ces grandes entreprises ne nous fit pas négliger de moindres soins. Notre première attention avait été de procurer aux hommes la nourriture ; et c'est par où doit commencer tout sage administrateur. Mais, persuadés que le simple nécessaire ne peut suffire pour atta-

---

1. *L'un et l'autre continent*, c'est-à-dire la partie d'Europe et d'Asie que les Grecs occupaient en terre ferme.

cher à la vie et la faire aimer, nous nous sommes
occupés de tout le reste avec une ardeur égale.
Parmi tous les biens que l'industrie des hommes
peut leur procurer, et qu'ils ne tiennent pas de
la bonté des dieux, le plus grand nombre n'est dû
qu'à nous seuls ; il n'en est aucun qui ne nous
soit dû au moins en partie. Dans les premiers âges,
les autres Grecs, victimes de la tyrannie ou de
l'anarchie, vivaient dispersés et sans lois : nous
les avons encore délivrés de ces maux, soit en les
gouvernant nous-mêmes, soit en leur proposant notre exemple : car Athènes est la première ville qui
ait connu l'utilité d'une sage législation, et donné
une forme à son gouvernement. Ce qui le prouve
avec évidence, c'est que les premiers qui pour-
suivirent les meurtres en justice, qui voulurent
terminer leurs différends par la raison plutôt que
par la force, les jugèrent d'après les règlements
de nos tribunaux. Jetant un coup d'œil sur les arts,
veut-on examiner ceux qui sont utiles aux besoins
de la vie, et ceux qui ne servent qu'à son agré-
ment ; on reconnaîtra que, les ayant tous inventés
ou adoptés, nous avons la gloire de les avoir transmis aux autres peuples.

XI. Quant aux divers établissements de notre
ville, fruits de notre politesse et de la douceur de
nos mœurs, ils sont tels, que l'étranger qui veut
s'enrichir, ou qui n'a qu'à jouir de sa fortune,
les trouve également commodes ; et que, soit qu'il
ait éprouvé des disgrâces dans sa patrie, soit qu'il
ait acquis de grandes richesses, il accourt avec
empressement dans la ville d'Athènes, qui lui
offre l'asile le plus sûr ou le séjour le plus agréa-
ble. Mais voici un nouveau bienfait : chaque pays,
trop fertile en certaines productions et stérile
pour d'autres, ne pouvait se suffire à lui-même.
Les peuples ne savaient comment porter chez
l'étranger leur superflu, et rapporter chez eux

le superflu des villes étrangères. Nous avons encore pourvu à cet inconvénient. Au centre de la nation, on vit s'établir un entrepôt commun : le Pirée fut pour la Grèce un marché universel, où les fruits des pays divers, même les plus rares partout ailleurs, se trouvent réunis avec abondance.

XII. On doit, sans doute, les plus grands éloges à la sagesse de ces hommes qui ont institué nos assemblées générales, et transmis aux Grecs l'usage de déposer leurs armes et leurs inimitiés, pour se réunir tous dans le même lieu. Les prières et les sacrifices qu'ils font en commun les font ressouvenir de leur commune origine, disposent les cœurs à une parfaite intelligence, contribuent à resserrer les liens de l'hospitalité avec d'anciens amis, et à former des amitiés nouvelles. Ceux qui sont distingués par la force et par l'agilité du corps, comme ceux qui sont dépourvus de ces qualités, trouvent un plaisir égal dans ce concours universel, les uns à exposer aux yeux de la Grèce entière les avantages qu'ils ont reçus de la nature, les autres à voir de fameux athlètes se disputer le prix avec ardeur : animés d'un sentiment de gloire, tous ont lieu d'être flattés : ceux-ci, des efforts que fait un peuple de rivaux pour leur offrir un spectacle digne de leur attention ; ceux-là, de l'empressement que montrent tous les Grecs qui viennent applaudir à leurs jeux. Telle est l'utilité reconnue de nos grandes assemblées. Athènes, dans cette partie, ne le cède à aucune ville de la Grèce. Elle a ses spectacles ; spectacles aussi multipliés que magnifiques ; les uns fameux par l'appareil et la somptuosité, les autres célèbres par tous les genres de talents qui s'y rassemblent, plusieurs admirables sous ces deux rapports à la fois. Et la foule des spectateurs, qui accourent dans notre ville, est si grande, que, si c'est un bien pour les hommes de se rapprocher les uns des autres, on jouit encore chez nous de cet avantage. J'ajoute qu'on y trouve, plus qu'en aucun pays du monde, des amitiés solides, des sociétés de toute espèce. On y voit des combats de force et d'agilité, des combats d'esprit et d'éloquence. Tous les talents y sont magnifiquement récompensés. Sollicités par notre exemple, les autres Grecs s'empressent de joindre leurs prix à ceux que nous distribuons; ils applaudissent à nos établissements, et tous désirent d'en partager l'honneur. Enfin, les grandes assemblées de la nation ne se forment qu'après de longs intervalles, et ne durent que peu de jours; au lieu qu'Athènes offre en tout temps, aux étrangers qui la visitent, le spectacle d'une fête générale et non interrompue.

XIII. La philosophie qui créa ces institutions utiles; la philosophie qui régla nos actions et adoucit nos mœurs; qui, distinguant les malheurs occasionnés par la nécessité d'avec ceux que produit l'ignorance, nous apprit à supporter les uns et à éviter les autres: ce sont les Athéniens qui la mirent en honneur; ce sont eux qui ont fait fleurir l'éloquence à laquelle nous aspirons tous, et que nous ne voyons qu'avec jalousie dans ceux qui la possèdent. Ils savaient sans doute que, grâce à la parole qui le distingue des animaux, l'homme se voit le chef et le souverain de la nature. Ils concevaient que, toutes nos actions étant soumises aux caprices du sort, la sagesse est souvent frustrée d'un succès qu'a plus d'une fois obtenu la folie; au lieu que les productions parfaites de l'éloquence ne peuvent jamais provenir d'un insensé, mais sont toujours l'ouvrage d'un esprit droit et juste: ils comprenaient que c'est surtout la facilité de s'exprimer, qui fait d'abord distinguer l'homme instruit de l'ignorant; qu'une

éducation libérale reçue dès l'âge le plus tendre,
dont les effets ne s'annoncent, ni par la bravoure,
ni par les richesses, ni par les autres présents de
la nature ou de la fortune, se fait remarquer principalement par le mérite du langage, signe mani-
feste des soins qui ont formé notre jeunesse : ils
voyaient enfin qu'avec le don de la parole, on a
de l'autorité dans son pays, et de la considération
dans tous les autres. Ainsi pensaient les Athéniens : aussi notre ville a-t-elle surpassé tous les
peuples du monde dans l'éloquence et dans la
philosophie. Les disciples chez elle sont maîtres
ailleurs ; et, si le nom de Grecs désigne moins un
peuple particulier qu'une société d'hommes éclai-
rés et polis : si l'on appelle Grecs plutôt ceux qui
participent à notre éducation que ceux qui par-
tagent notre origine, c'est à nos institutions qu'on
le doit.

XIV. Mais, afin qu'on n'imagine pas que,
m'étant engagé à considérer mon sujet sous toutes
ses faces, je ne m'attache qu'à quelques parties,
et que, ne pouvant louer Athènes pour sa valeur,
je borne son éloge à des vertus pacifiques ; je ne
m'arrêterai point davantage à ces dernières, dont
je n'ai parlé que pour me conformer au goût de
ceux qui les estiment ; et je vais prouver que nos
ancêtres n'ont pas moins de droit aux honneurs,
pour avoir défendu la Grèce par leurs armes, que
pour l'avoir enrichie par les sciences et par les
arts. Animés de l'amour de leur pays, et jaloux
de la liberté de leur nation, ils ont soutenu des
combats multipliés, difficiles, célèbres, dont la
gloire a égalé l'importance. Les forces de leur
ville furent toujours au service de la Grèce ; toujours ils furent prêts à venger les Grecs opprimés.
Aussi nous a-t-on reproché, comme un défaut de
politique, de nous associer aux plus faibles, comme
si ce reproche n'était pas un éloge. Oui, si nous

avons préféré de moindres alliances, ce n'est pas
que nous ayons ignoré combien il est plus utile
de s'allier à des peuples puissants : mais, quoique
nous connussions mieux que d'autres les incon-
vénients de notre conduite, nous avons mieux
aimé secourir les plus faibles contre nos intérêts,
que de nous réunir aux plus forts, pour partager
e s fruits de leur injustice.

XV. Les circonstances dans lesquelles on a
imploré notre secours, prouveront à la fois la gé-
nérosité de notre république et la supériorité de
nos forces. Je supprime les faits de ce genre, ou
trop récents, ou trop peu remarquables. A remonter bien au delà des guerres de Troie (quand
on revendique des droits anciens, c'est dans ces
siècles reculés qu'on doit aller chercher ses preuves), les enfants d'Hercule, et quelque temps
encore avant eux, Adraste, fils de Talaüs, roi
d'Argos, vinrent réclamer notre assistance.
Adraste, ayant essuyé une défaite dans son expédition de Thèbes, et se voyant hors d'état par lui-
même d'enlever ceux de ses guerriers qui avaient
péri sous les murs de cette ville, nous priait de ne
point l'abandonner dans un malheur qui intéres-
sait tous les peuples, de ne point permettre qu'on
laissât sans sépulture ceux qui mouraient à la
guerre, et qu'on violât une coutume établie de
tout temps dans la Grèce. Les enfants d'Hercule,
qui cherchaient à se dérober au ressentiment
d'Eurysthée, trouvant les autres villes grecques
trop faibles pour les secourir dans leurs infortunes, recouraient à la nôtre, comme la seule
capable de reconnaître les bienfaits dont leur
père avait comblé le genre humain. Ces faits nous
prouvent que dès ce temps notre république pri-
mait déjà dans la Grèce, et que c'est à juste titre
qu'elle réclame encore aujourd'hui la primauté.
En effet, irait-on implorer le secours d'un peuple

plus faible que soi, ou dépendant d'un autre, au lieu de recourir aux plus puissants? surtout dans des circonstances où il ne s'agit pas de contestations entre des particuliers, mais d'intérêts généraux, d'intérêts qui ne doivent être réglés que par ceux qui prétendent à la supériorité parmi les Grecs. Ajoutons que ce ne fut pas en vain qu'on eut recours à nous. Nos ancêtres entreprirent la guerre contre Thèbes pour la sépulture des Argiens, et contre la puissance d'Eurysthée pour les fils d'Hercule ; ils forcèrent les Thébains de remettre à leurs parents les morts qu'ils redemandaient, pour leur rendre es derniers devoirs : quant aux peuples du Péloponnèse, qui étaient venus fondre dans leurs pays avec Eurysthée, ils allèrent à leur rencontre, les vainquirent en bataille rangée, et réprimèrent l'insolence de leur chef. Athènes, admirée déjà pour d'autres actions éclatantes, acquit une nouvelle célébrité par les exploits que je rapporte, et ne rendit pas un léger service aux malheureux qui avaient imploré son assistance. Dès lors tout changea de face. Adraste, qui s'était adressé à nous en suppliant, attaqua ses ennemis avec nos armes, et emporta de force ce qu'ils avaient refusé à ses prières. Eurysthée, qui espérait nous réduire les armes à la main, prisonnier lui-même, fut réduit à nous supplier. Ce prince cruel n'avait cessé d'imaginer des travaux pour faire succomber un fils de Jupiter, élevé par la nature au-dessus de l'humanité et revêtu d'une force divine, lorsqu'il n'était encore que simple mortel ; mais, du moment qu'il eut attaqué les Athéniens, il tomba, par un juste revers, en la puissance des fils mêmes du héros qu'il avait persécuté, et périt d'une mort déshonorante.

XVI. Parmi un grand nombre de services que nous avons rendus aux Lacédémoniens, celui-ci est le seul que j'aie eu occasion de rappeler. Sauvés par notre valeur, et encouragés par nos bienfaits, les ancêtres des rois actuels de Lacédémone, descendants d'Hercule, passèrent dans le Péloponnèse, s'emparèrent d'Argos, de Lacédémone et de Messène, fondèrent Sparte [1], et furent les premiers auteurs de tous les avantages dont jouissent à présent les Lacédémoniens. Ils n'auraient donc pas dû en oublier la source, et envahir un pays d'où leurs aïeux étaient partis pour jeter les fondements de leur prospérité : ils n'auraient pas dû exposer aux maux de la guerre une république qui avait affronté les plus grands dangers pour les fils d'Hercule, et, après avoir fait monter ses descendants sur le trône, prétendre asservir un peuple qui avait sauvé les enfants de ce héros. Mais, laissant à part la justice et la reconnaissance, s'il faut prouver avec précision ce que nous avons à démontrer, je dis : il n'est pas d'usage parmi les Grecs, de soumettre les anciens habitants aux nouveaux, les bienfaiteurs à ceux qui ont reçu le bienfait, ceux qui ont donné le secours, à ceux qui l'ont imploré.

XVII. Je dirai plus : Argos, Thèbes et Lacédémone, sans parler d'Athènes, étaient déjà dans ces premiers temps, et sont encore aujourd'hui les principales républiques de la Grèce ; or la supériorité de nos ancêtres sur ces trois républiques est incontestable. Pour réparer la défaite des Argiens, ils donnèrent la loi aux Thébains dans le temps où ceux-ci étaient les plus puissants ; pour venger les injures des fils d'Hercule, ils vainquirent en bataille rangée les Argiens et

---

1. *Sparte* était un second nom donné à Lacédémone, et qu'elle avait porté avant que les Héraclides s'en emparassent. Je ne vois donc pas pourquoi l'orateur distingue ici Sparte de Lacédémone, et pourquoi il ajoute que les Héraclides furent les fondateurs de Sparte.

les autres habitants du Péloponnèse ; ils sauvèrent du péril et tirèrent des mains d'Eurysthée les fondateurs de Sparte et les chefs des Lacédémoniens. Serait-il donc possible de prouver plus clairement que nous jouissions déjà de la prééminence parmi les Grecs ?

XVIII. Je crois qu'il est à propos aussi de parler de nos anciennes guerres contre les Barbares, d'autant plus qu'il est ici question de savoir quels doivent être les chefs d'une expédition contre des Barbares. Il serait trop long de détailler tous les combats que nous leur avons livrés ; fidèle au plan que je me suis tracé, et que j'ai suivi jusqu'à présent, je ne me permettrai de citer que les plus fameux. Les principales nations et les plus puissantes parmi les Barbares, sont les Scythes, les Thraces et les Perses. Tous nous ont attaqués, nous nous sommes mesurés contre tous. Mais que restera-t-il à dire à nos adversaires, s'il est prouvé que les Grecs, qui n'ont pu se faire justice, ont eu recours à notre puissance ; et que les Barbares, qui voulaient assujettir la Grèce, ont cru devoir commencer par la ville d'Athènes ?

XIX. Quoique les guerres contre les Perses soient, sans contredit, les plus fameuses de toutes, des exploits plus anciens ne seront pas inutiles à produire, pour constater l'ancienneté de nos droits. La Grèce était encore faible, quand les Thraces avec Eumolpe, fils de Neptune, et les Scythes avec les Amazones, vinrent fondre sur notre pays, non dans le même temps, mais lorsqu'ils aspiraient chacun à l'empire de l'Europe. Ce n'était pas aux Grecs en général qu'ils en voulaient, mais à nous en particulier : aussi n'attaquèrent-ils que nous, persuadés que, s'ils se rendaient maîtres de notre ville, ils le seraient bientôt de toutes les autres. Le succès ne répondit point à leur attente. Quoiqu'ils ne fissent la guerre qu'à nos ancêtres, ils ne furent ni moins vaincus ni moins détruits, que s'ils eussent attaqué tous les peuples de la Grèce. Et on ne peut douter que leur défaite n'ait été aussi entière qu'éclatante, puisque des événements aussi anciens se sont conservés dans la mémoire des hommes. On ajoute que, parmi les Amazones, aucune de celles qui partirent pour l'expédition ne revint dans sa patrie, et que leur déroute entraîna la ruine de celles même qui n'avaient pas pris les armes. Quant aux Thraces, qui jusqu'alors avaient été les plus voisins de l'Attique, entièrement défaits, ils furent repoussés à une telle distance, qu'on vit des peuples accourir en foule à leur place, de grandes cités s'élever et remplir l'intervalle.

XX. Ces exploits de nos ancêtres sont admirables, sans doute, et bien dignes d'un peuple qui revendique la primauté ; les actions par lesquelles nous nous sommes signalés dans les guerres de Xerxès et de Darius, ne les démentent pas, et sont telles qu'on devait les attendre des descendants de ces héros. Dans cette guerre, la plus critique qui fût jamais, où nous étions entourés de périls de toute espèce, où alliés et ennemis se croyaient invincibles, ceux-ci par le courage, ceux-là par la multitude, nous les avons vaincus les uns et les autres, comme des Athéniens devaient vaincre des Barbares et leurs auxiliaires. Notre bravoure dans tous les combats nous mérita d'abord le prix de la valeur, et nous acquit bientôt après l'empire de la mer, qui nous fut déféré par tous les Grecs, sans réclamation de la part des peuples qui voudraient nous le ravir aujourd'hui.

XXI. Je n'ignore pas néanmoins ce que fit Lacédémone dans ces conjonctures périlleuses : oui, je

connais les services qu'elle rendit à la Grèce ; et
c'est ici pour Athènes un nouveau triomphe,
d'avoir eu en tête de pareils rivaux, et d'avoir pu
les surpasser. Mais ces deux républiques méritent,
à ce qu'il me semble, d'être considérées avec plus
d'attention ; et, sans passer trop légèrement sur ce
qui les regarde, il faut rappeler en même temps
les vertus de leurs ancêtres, et leur haine contre
les Barbares. Je sens moi-même combien il est
difficile de remettre sous les yeux de mes auditeurs un sujet si souvent traité, un sujet que les
citoyens les plus éloquents ont fait paraître tant
de fois dans l'éloge des guerriers morts au service
de l'état. Les plus beaux traits ont déjà été em-
ployés, sans doute ; mais, enfin, recueillons ceux
qui restent, et, puisqu'ils servent à notre dessein,
ne craignons pas d'en faire usage.

XXII. On doit regarder, assurément, comme les
auteurs de nos plus brillantes prospérités, et comme
dignes des plus grands éloges, ces Grecs généreux qui ont exposé leur vie pour le salut de la
nation : mais il ne serait pas juste d'oublier les
hommes célèbres qui vivaient avant cette guerre,
et qui ont gouverné les deux républiques. Ce
sont eux qui ont formé les peuples, et qui, les
remplissant de courage, ont préparé aux Barbares
de redoutables adversaires. Loin de négliger les
affaires publiques, loin de se servir des deniers
du trésor comme de leurs biens propres, et d'en
abandonner le soin comme des choses étrangères,
ils les administraient avec la même attention que
leur patrimoine, et les respectaient comme on
doit respecter le bien d'autrui. Ils ne plaçaient
pas le bonheur dans l'opulence : celui-là, leur
semblait posséder les plus solides et les plus brillantes richesses, qui faisait le plus d'actions hono-
rables et laissait le plus de gloire à ses enfants.
On ne les voyait pas combattre d'audace entre

eux, ni abuser de leurs forces et les tourner contre
leurs compatriotes; mais, redoutant plus le blâme
de leurs concitoyens, qu'une mort glorieuse au
milieu des ennemis, ils rougissaient des fautes
communes, plus qu'on ne rougit maintenant des
fautes personnelles. Ce qui les fortifiait dans ces
heureuses dispositions, c'était des lois pleines
de sagesse, qui avaient moins pour but de régler
les discussions d'intérêt, que de maintenir la
pureté des mœurs. Ils savaient que, pour des
hommes vertueux, il n'est pas besoin de multi-
plier les ordonnances; qu'un petit nombre de
règlements suffit pour les faire agir de concert
dans les affaires publiques ou particulières. Uni-
quement occupés du bien général, ils se divi-
saient et se partageaient pour se disputer mutuellement, non l'avantage d'écraser leurs rivaux
afin de dominer seuls, mais la gloire de les surpasser en services rendus à la patrie; ils se rap-
prochaient et se liguaient, non pour accroître
leur crédit ou leur fortune, mais pour augmenter
la puissance de l'Etat. Le même esprit animait
leur conduite à l'égard des autres Grecs; ils ne
les outrageaient pas : il voulaient commander et
non tyranniser, se concilier l'amour et la confiance des peuples, être appelés chefs plutôt que
maîtres, libérateurs plutôt qu'oppresseurs; ga-
gner les villes par des bienfaits, plutôt que les
réduire par la violence. Leurs simples paroles
étaient plus sûres que nos serments; les conven-
tions écrites étaient pour eux des arrêts du destin.
Moins jaloux de faire sentir leur pouvoir, que de
montrer de la modération, ils étaient disposés
pour les plus faibles, comme ils désiraient que
les plus puissants le fussent à leur égard. Enfin,
chaque république n'était, aux yeux de chacun,
qu'une ville particulière; la Grèce était une patrie
commune.

XXIII. Pleins de ces nobles sentiments qu'ils inspiraient à la jeunesse dans une éducation vertueuse, ils formèrent ces vaillants guerriers qui, dans les combats contre les peuples d'Asie, se signalèrent par des exploits que ni les orateurs ni les poëtes ne purent jamais célébrer dignement. Et je leur pardonne de n'avoir pas réussi. Faire l'éloge d'une vertu extraordinaire n'est pas moins difficile que de louer un mérite médiocre. Ici les actions manquent à l'orateur, là les discours manquent aux actions. Quels discours, en effet, pourraient égaler les exploits de nos héros? que sont auprès d'eux les vainqueurs de Troie? ceux-là furent arrêtés pendant dix années par le siége d'une seule ville, ceux-ci ont triomphé, dans un court espace de temps, de toutes les forces de l'Asie; et ils ont non-seulement sauvé leur patrie, mais encore garanti la Grèce entière de la servitude dont elle était menacée. Quels combats et quels travaux n'auraient pas soutenus, pour mériter des louanges pendant leur vie, ces hommes qui ont bravé le trépas, pour s'assurer après leur mort une mémoire glorieuse? Sans doute, ce fut quelque dieu, ami de nos pères, qui, touché de leur vertu, leur suscita ces périls, ne pouvant permettre que d'aussi grands hommes vécussent dans l'oubli ou mourussent ignorés; mais voulant que, par leurs actions, ils méritassent les mêmes honneurs que ces héros d'origine céleste que nous appelons demi-dieux. Comme eux, en effet, rendant à la nature le corps qu'ils en avaient reçu, il nous ont laissé un souvenir immortel de leur courage.

XXIV. Il y eut toujours entre nos ancêtres et les Lacédémoniens, l'émulation la plus vive; mais, dans ces heureux temps, ils se disputaient l'honneur des plus grandes actions, non comme des ennemis, mais comme des rivaux qui s'estiment.

Incapables de flatter un Barbare pour asservir les Grecs, ils conspiraient ensemble pour le salut commun, et ne combattaient que pour décider lequel aurait l'avantage d'avoir sauvé la Grèce. Ces deux peuples signalèrent d'abord leur bravoure contre l'armée envoyée par Darius. Cette armée s'était avancée dans l'Attique, nos ancêtres n'attendirent pas qu'on vînt les secourir; mais, faisant d'une guerre générale leur affaire particulière, il coururent à la rencontre de ces fiers ennemis qui bravaient toute la nation ; et, en petit nombre, avec leurs seules forces, ils marchèrent contre des troupes innombrables, exposant leur propre vie comme si elle leur était étrangère. De leur côté, les Lacédémoniens, à la première nouvelle que les Barbares s'étaient jetés sur l'Attique, négligèrent tout, et accoururent à notre secours, avec autant de diligence que si leur propre pays eût été ravagé. Tels furent donc l'émulation et l'empressement des deux peuples : le même jour où les Athéniens apprirent la descente des ennemis, ils volèrent à la frontière pour les repousser, leur livrèrent bataille, les défirent, dressèrent un trophée après la victoire ; et les Lacédémoniens, qui marchaient en corps d'armée, parcoururent, en trois jours et trois nuits, un espace de douze cents stades [1] : tant ces deux peuples se pressaient, les uns de partager les périls, les autres de vaincre avant de pouvoir être secourus!

XXV. Quant à la seconde expédition des Perses, où Xerxès voulut commander lui-même, pour laquelle il avait abandonné son palais et ses Etats, traînant à sa suite toutes les forces de l'Asie, quelque effort qu'on ait fait pour exagérer la puissance de ce monarque, n'est-on pas toujours

1. 240 kilomètres.

emeuré au-dessous de la réalité? Enivré de sa
randeur, il compta pour peu l'espoir de con-
uérir toute la Grèce ; jaloux de laisser un monu-
ient qui attestât un pouvoir plus qu'humain,
ourmenté du désir bizarre de voir naviguer son
rmée sur la terre, et marcher sur la mer, il perça
Athos et enchaîna l'Hellespont. Ce roi, si fier,
iaître de tant de peuples, qui avait exécuté des
hoses si merveilleuses, ne nous fit point trem-
ler. Partageant le péril, nous volâmes à sa ren-
ontre, les Lacédémoniens aux Thermopyles, nos
ncêtres à Artémise ; les Lacédémoniens avec
iille soldats et quelques alliés, pour arrêter dans
: passage l'armée barbare ; nos ancêtres avec
iixante vaisseaux, pour s'opposer à toute la
otte des Perses. S'ils montraient tant d'audace
s uns et les autres, c'était moins pour braver
ennemi, que pour disputer entre eux de courage.
es Lacédémoniens, en dignes émules, brûlaient
e nous égaler ; ils nous enviaient la journée
e Marathon, et craignaient que nous n'eussions
icore une fois l'honneur de sauver la Grèce : les
théniens, jaloux de soutenir leur gloire, vou-
ient annoncer à tous les peuples que leurs
iomphes passés étaient l'effet de la bravoure, et
on l'ouvrage de la fortune. Ils voulaient de plus
igager les Grecs à essayer leurs forces mari-
nes, et leur prouver, par une victoire, que, sur
rre comme sur mer, la valeur peut triompher
i nombre.

XXVI. L'intrépidité fut égale de part et d'autre,
succès fut différent. Les Lacédémoniens expir-
rent tous, chacun dans son poste ; mais, quoi-
ie en eux le corps eût succombé, l'âme demeura
ctorieuse. Eh ! pourrait-on dire qu'ils aient été
incus, lorsqu'aucun d'eux n'a songé à prendre
fuite? Nos guerriers remportèrent l'avantage
r un détachement de la flotte ; mais, instruits

que Xerxès était maître des Thermopyles, ils
revinrent dans leur ville, mirent ordre aux affaires,
et, par la résolution qu'ils prirent dans ce péril
extrême, ils surpassèrent alors tout ce qu'ils
avaient fait de plus grand. Nos alliés étaient tous
découragés; les Péloponnésiens élevaient un mur
pour fermer l'isthme, et n'étaient occupés que de
leur sûreté particulière; les autres villes, excepté
quelques-unes que leur faiblesse faisait dédaigner,
s'étaient soumises au Barbare dont elles suivaient
les enseignes; l'ennemi s'avançait vers l'Attique
avec une armée formidable soutenue d'une flotte
de douze cents voiles, nulle ressource ne restait
aux Athéniens : sans alliés, sans espoir, pouvant
éviter le danger qui les pressait, et même accepter les conditions avantageuses que leur offrait
un monarque qui se croyait assuré du Péloponnèse, s'il pouvait disposer de notre flotte, ils reje-
tèrent ses offres avec indignation, et, sans s'of-
fenser de se voir abandonnés par les Grecs, ils
refusèrent constamment de s'allier aux Barbares.
Prêts à combattre pour la liberté, ils pardonnaient
aux autres d'accepter la servitude; ils pensaient
que les villes inférieures pouvaient être moins
délicates sur les moyens de pourvoir à leur salut;
mais que, pour celles qui prétendaient commander à la Grèce, leur sort était de s'exposer à tout;
et que, comme dans chaque ville les principaux
citoyens doivent être décidés à mourir avec gloire,
plutôt que de vivre avec ignominie, de même les
républiques principales doivent se résoudre à
disparaître de dessus la terre, plutôt que de subir
le joug d'un maître. Leur conduite prouve assez
quels furent leurs sentiments. Hors d'état de résister en même temps aux forces de l'ennemi sur
terre et sur mer, ils réunissent les habitants de
la ville, et se retirent tous ensemble dans une
île voisine, pour n'avoir pas à la fois deux ar-

mées en tête, mais afin de les combattre séparément.

XXVII. Eh! vit-on jamais des héros plus généreux, ou plus amis des Grecs, que ces hommes qui, ne pouvant souscrire à l'esclavage des autres peuples de la Grèce, eurent le courage de voir leur ville abandonné, leur pays ravagé, les temples embrasés, les statues des dieux enlevées, leur patrie en proie à toutes les horreurs de la guerre? Ils firent plus; avec deux cents vaisseaux seulement, ils voulaient attaquer une flotte de douze cents navires. Mais on ne les laissa pas tenter seuls le péril. Leur vertu fit rougir les Péloponnésiens, qui, pensant que la défaite d'Athènes entraînerait leur perte, et que sa victoire couvrirait leurs villes d'opprobre, se crurent obligés de courir avec nous les hasards du combat. Je ne m'arrêterai pas à dépeindre le choc des vaisseaux, les exhortations des chefs, les cris des soldats, et tout ce tumulte ordinaire dans les batailles navales; mais j'insisterai sur les réflexions propres à mon sujet, qui tendent à confirmer ce que j'ai déjà dit, et à prouver que la prééminence nous appartient. La ville d'Athènes, avant sa destruction, était si supérieure aux autres, que, même dans un état de ruine, elle seule, pour le salut de la Grèce, a fait marcher plus de vaisseaux que tous les alliés ensemble. Et personne n'est assez prévenu contre nous pour ne point convenir que les Grecs ne durent alors tous leurs succès qu'à la victoire navale, et que cette victoire, ils l'ont due à notre république.

XXVIII. Maintenant, je le demande, lorsqu'on se dispose à marcher contre les Barbares, qui doit-on choisir pour commander? N'est-ce pas ceux qui, dans toutes les guerres, se sont le plus signalés; qui, plus d'une fois, s'exposèrent seuls pour les peuples de la Grèce; et qui, dans les combats où ils con-

coururent avec eux, méritèrent le prix de la valeur? N'est-ce pas ceux qui, pour le salut des
autres, ont abandonné leur patrie? N'est-ce pas
ceux qui, dans les premiers temps, fondèrent le
plus grand nombre de villes, et qui, dans la suite,
les sauvèrent des plus grands désastres? Ne serait-
ce pas une injustice criante, qu'après avoir eu la
plus grande part aux périls, nous eussions la
moindre aux honneurs; et qu'on nous vît combattre aujourd'hui à la suite des Grecs, nous qui,
pour l'intérêt de tous, nous montrâmes toujours
à leur tête.

XXIX. Jusqu'ici, personne, à mon avis, ne
doute que notre république ne l'emporte pour les
services rendus à la Grèce, et qu'à ce titre la
primauté ne lui soit due. Mais on nous reproche
que, devenus maîtres de la mer, nous avons causé
aux Grecs une infinité de maux; entre autres, on
nous accuse d'avoir asservi les habitants de Mé-
los, et détruit ceux de Sicyone. Pour moi, je ne
vois pas que ce soit un acte de tyrannie, que
d'avoir imposé une peine rigoureuse à ceux qui
ont tourné leurs armes contre nous; mais ce qui
forme une preuve certaine de la douceur de notre
gouvernement, c'est qu'aucune des villes qui nous
sont restées fidèles, n'a éprouvé de traitements
semblables. Je dis plus : si, dans les mêmes conjonctures, d'autres avaient montré moins de rigueur, les reproches qu'on nous fait pourraient
être fondés : mais, s'il fut toujours impossible de
commander à un grand nombre de villes, sans
punir celles qui s'écartent du devoir, ne méritons-
nous pas des éloges, pour avoir su commander
si longtemps, et donner si peu d'exemples de
sévérité?

XXX. Ceux-là, sans doute, sont les chefs de la
Grèce les plus estimables, sous l'empire desquels
elle a été le plus florissante : or, sous notre empire,

on a vu s'accroître de plus en plus le bonheur des particuliers et la prospérité des républiques. Incapables d'envier aux villes grecques les avantages dont elles jouissaient, nous n'affections pas d'y introduire diverses formes de gouvernement, pour y exciter des troubles, diviser les citoyens, et dominer sur les différents partis. Mais, jugeant nécessaire au bien commun la bonne union des peuples attachés à notre fortune, nous les traitions tous suivant les mêmes maximes, comme des alliés, non comme des sujets; et, contents de la principale influence dans les affaires générales, nous leur laissions toute liberté pour les affaires particulières. Partout, protecteurs de l'égalité, nous faisions la guerre aux ambitieux qui voulaient dominer sur le peuple, regardant comme une injustice que la multitude fût soumise au petit nombre; que, pour posséder moins de richesses, sans avoir moins de mérite, on fût exclus des charges; que, dans une patrie commune, les uns fussent les maîtres, les autres fussent traités en esclaves, et que des hommes, citoyens par la nature, se vissent dépouillés par la loi des priviléges de citoyens. Ces raisons et mille autres encore, nous faisant réprouver toute oligarchie, nous avons établi, partout où il nous était possible, la forme d'administration que nous avions adoptée pour nous-mêmes. Pourquoi décrirais-je longuement les avantages du régime démocratique, lorsque je puis le faire en peu de mots? Pendant soixante-dix années que nous l'avons suivi, nous nous sommes vus affranchis de tout joug des tyrans, à l'abri de toute incursion des Barbares, exempts de troubles domestiques, en paix avec tous les peuples.

XXXI. Les esprits judicieux approuveront notre système politique, loin de nous reprocher ces colonies que nous avons envoyées dans des

villes désertes, plutôt pour garder le pays que
pour étendre notre domination. Et voici la preuve
que ce n'était pas un intérêt personnel qui nous
faisait agir. Nous avions un territoire aussi res-
serré, eu égard au nombre de nos citoyens, que
notre empire avait d'étendue ; nous possédions
deux fois plus de vaisseaux que tous les Grecs
ensemble, et chacun de nos vaisseaux était plus
fort que deux des autres ; placée au-dessous de
l'Attique, l'Eubée, par sa situation naturelle, était
des plus commodes pour assurer l'empire maritime, et l'emportait à tous égards sur les autres
îles ; nous pouvions en disposer plus aisément que
de notre propre pays, et nous n'ignorions pas
que, parmi les Grecs et les Barbares, on respecte
surtout ceux qui, par la ruine de leurs voisins [1],
savent se procurer l'abondance et la paix : cependant aucun de ces motifs n'a pu nous porter à la
moindre entreprise contre une île voisine, et
nous sommes les seuls qui, avec des forces considérables, ayons consenti à nous voir moins riches
que des peuples qui étaient à notre bienséance.
Si nous avions eu dessein de nous agrandir, au-
rions-nous borné nos vues au faible territoire de
Sicyone, que nous avons même abandonné aux
Platéens réfugiés à Athènes, au lieu de nous
emparer de l'île d'Eubée, vaste et opulente contrée
qui nous aurait tous enrichis ?

XXXII. Après de tels procédés et de pareilles
preuves de désintéressement, on ose encore nous
accuser de vouloir envahir les possessions d'autrui ! Et quels sont ceux qui nous accusent ? des
hommes qui ont partagé les excès des décemvirs [2],

1. Ceci tombe sur les Lacédémoniens, qui avaient ruiné
Messène, ville voisine, et qui avaient augmenté leurs do-
maines à ses dépens.
2. Ces décemvirs étaient dix hommes que les Lacédémoniens choisissaient, pour gouverner sous leur nom,

qui ont bouleversé leur patrie, qui ont fait regretter le gouvernement de leurs prédécesseurs, tout
tyrannique qu'il était, et qui n'ont laissé aux mé-
chants qui pourront venir après eux aucun genre
de violences à imaginer. Ils vantent la sévérité
lacédémonienne, et leurs mœurs démentent les
vertus qu'ils louent. Ils déplorent le triste sort
des Méliens, et ils ont accablé de maux leurs
compatriotes. A quels excès d'injustice ne se sont-
ils pas livrés? quelles infamies, quelles cruautés
ne se sont-ils pas permises? Ils associaient à leurs
desseins les hommes les plus dépourvus de jugement, comme ceux sur lesquels on peut le plus
compter; ils ménageaient des traîtres comme des
bienfaiteurs, rampaient devant des esclaves afin
de pouvoir outrager leur patrie, et respectaient
les meurtriers de leurs concitoyens, plus que les
auteurs de leurs jours. Ils nous ont tous rendus
cruels. Avant eux, dans l'état de sécurité où était
la Grèce, chacun de nous trouvait presque partout de la commisération et de la sensibilité pour
ses moindres infortunes; sous leur domination,
le poids des maux qui accablent chacun en particulier, rend insensible aux maux des autres. Per-
sécutant tout le monde, ils n'ont laissé à personne
le loisir de s'occuper des peines d'autrui. En effet,
qui est-ce qui s'est vu à l'abri de leurs violences?
qui a été assez éloigné des affaires, pour ne pas
se trouver enveloppé dans les malheurs où nous
ont plongés ces génies funestes? Et, après avoir
traité indignement leurs villes, ils ne rougissent

dans la plupart des villes grecques qu'ils s'étaient assujetties. Isocrate décrit avec force les excès de ces dix gouverneurs et de leurs partisans, qui, pour opprimer leur patrie, flattaient bassement les Lacédémoniens, dont ils dé-
pendaient, et qui ne rougissaient pas de ramper devant les
esclaves de ces mêmes Lacédémoniens qui avaient quelque
crédit dans Lacédémone.

pas d'accuser injustement la nôtre! et ils ont le
front de rappeler les jugements que nous avons
rendus dans les affaires publiques et particulières!
eux qui, dans l'espace de trois mois, ont fait
mourir, sans forme de jugement, plus de citoyens
que notre république n'en a jugés pendant tout
le temps où elle a possédé l'empire! Qui pourrait
décrire tous les maux dont ils ont été les auteurs?
les exils, les séditions, les lois renversées, les
constitutions de gouvernement changées, les biens
pillés, les femmes déshonorées, les jeunes enfants exposés aux plus indignes outrages? Le mal
qu'a pu faire un excès de rigueur de notre part,
pourrait sans peine être corrigé par une simple
ordonnance; mais les meurtres, mais les désordres
causés par leur perversité, serait-il possible d'y
apporter remède?

XXXIII. Cette paix fausse et simulée, cette
indépendance consignée dans les traités, bannie
des républiques, doit-on les préférer aux avantages dont jouissait la Grèce sous notre gouvernement? Doit-on chérir une constitution où des
pirates dominent sur les mers, où des soldats
règnent dans les villes, où les citoyens, au lieu
de défendre leur pays contre des ennemis étrangers, se font une guerre cruelle dans leurs propres
murs; où l'on voit plus de villes prises et réduites
en servitude, qu'il n'y en eut jamais avant la paix;
où les révolutions sont si fréquentes, que les
citoyens restés dans leur patrie sont plus à plaindre que ceux qui en ont été exilés, puisque les uns
ne cessent de trembler pour l'avenir, tandis que
les autres vivent du moins dans l'espérance de
leur retour? Oh! que les villes de la Grèce sont
loin d'un état véritable de liberté et d'indépendance! Les unes sont assujetties à des tyrans, les
autres obéissent à des gouverneurs lacédémoniens; quelques-unes ont été ruinées de fond en

comble, d'autres sont opprimées par les Barbares :
ces Barbares, qui, remplis de projets vastes,
avaient osé passer en Europe, mais qui, répri-
més par la force de nos armes, renoncèrent pour
lors à de pareilles expéditions, et qui nous virent
malgré eux ravager leur propre pays : ces Barbares qui parcouraient nos côtes avec douze cents
voiles, mais que notre valeur humilia tellement,
qu'il ne leur fut plus permis de passer le Phasélis
avec un grand vaisseau ; et que, restant dans
l'inaction, n'augurant plus si avantageusement
de leurs forces, ils se virent obligés, pour reprendre leurs desseins, d'attendre des temps plus
favorables. Ces heureux succès étaient dus à nos
ancêtres ; nos malheurs en ont été la preuve. Du
moment où nous cessâmes de commander dans la
Grèce, les Grecs commencèrent à déchoir. Oui,
aussitôt que nous eûmes essuyé une défaite sur
l'Hellespont, et que d'autres furent revêtus de
l'empire dont nous étions dépouillés, les Barbares remportèrent une victoire navale, ils devin-
rent les maîtres de la mer, ils s'emparèrent de la
plupart des îles ; et, faisant une descente dans la
Laconie, ils prirent de force l'île de Cythère,
firent le tour du Péloponnèse, et le ravagèrent en
entier.

XXXIV. Pour se convaincre que tout a changé
de face, il faut surtout comparer aux traités qui
existent aujourd'hui, ceux qui ont été faits lorsque nous avions le commandement. On verra
qu'alors nous marquions les limites de l'Asie, que
nous réglions certains tributs, que nous défen-
dions la mer au roi de Perse. De nos jours, c'est
ce monarque qui règle les affaires des Grecs, qui
intime des ordres à chaque peuple, qui établit
presque des gouverneurs dans les villes ; car, à
cela près, que ne fait-il pas ailleurs ? N'est-il pas
l'arbitre de la guerre et de la paix, le maître

2

absolu de toutes nos démarches? n'allons-nous
pas le trouver dans son palais comme notre juge
souverain, pour nous accuser les uns les autres?
ne l'appelons-nous pas le grand roi, comme si
nous étions ses esclaves? et, dans nos guerres ré-
ciproques, n'est-ce pas sur lui que nous fondons
l'espoir de notre salut, sur lui qui voudrait nous
anéantir les uns et les autres? Ces réflexions doivent faire réprouver la constitution actuelle, et
regretter notre gouvernement. On doit se plaindre
de ce que les Lacédémoniens, qui d'abord avaient
entrepris la guerre sous prétexte de mettre les
Grecs en liberté, ont fini par assujettir le plus
grand nombre aux Barbares ; on doit se plaindre
de ce que, détachant de nous les Ioniens origi-
naires de notre ville, qui, plus d'une fois, nous
ont dû leur conservation, ils les ont livrés à ces
mêmes Barbares, malgré lesquels ils se sont éta-
blis, avec lesquels ils n'ont jamais cessé d'être
en guerre. Ils nous avaient reproché d'exercer
sur quelques villes grecques une autorité légi-
time ; et maintenant que celles d'Ionie gémissent
sous la plus indigne servitude, ils n'en tiennent
aucun compte! Ce n'est pas assez pour les malheureux Ioniens de payer des tributs, et de voir
leurs citadelles occupées par les Perses ; outre
ces disgrâces communes, ils éprouvent dans leurs
personnes des traitements plus durs, que n'en
souffrent chez nous des esclaves achetés à prix
d'argent. Nos esclaves, en effet, ne sont point
traités par nous aussi durement, que des hommes
libres le sont par des Barbares. Et, pour comble
d'infortune, ils se voient contraints de porter les
armes sous leurs oppresseurs, de combattre pour
assurer leur esclavage contre ceux qui voudraient
les en affranchir, de s'exposer à des dangers où
ils périront sur-le-champ s'ils succombent, et

où le succès ne fera qu'appesantir leurs chaînes pour toujours.

XXXV. A qui imputer tous ces maux, si ce n'est aux Lacédémoniens, qui, avec une si grande puissance, voient d'un œil tranquille leurs alliés subir un sort si affreux, et les Barbares étendre et affermir leur empire avec les forces mêmes de la Grèce? Autrefois ils protégeaient le peuple, et chassaient les tyrans : aujourd'hui, quel contraste! ils se déclarent les ennemis des républiques et les protecteurs de la tyrannie. On les a vus, au mépris de la paix, renverser la ville de Mantinée, s'emparer de la citadelle de Thèbes; on les voit à présent faire la guerre aux Olynthiens et aux Phliasiens; seconder, dans leurs projets d'ambition, Amyntas, roi de Macédoine, Denys, tyran de Sicile, et le monarque barbare, despote de toute l'Asie. Eh! quoi de plus honteux que de voir les chefs de la Grèce livrer une multitude d'hommes presque innombrable à la domination d'un seul, ravir la liberté à nos plus grandes villes, les forcer de leur obéir, ou les plonger dans des maux extrêmes? Quoi de plus révoltant que de voir ceux qui prétendent marcher à la tête des Grecs, s'armer presque tous les jours contre les Grecs, et se lier à jamais par des traités avec les Barbares?

XXXVI. Et qu'on ne s'imagine pas, parce que je m'élève contre les procédés de Lacédémone, que je me passionne contre elle, moi qui me suis annoncé pour travailler à réunir les deux républiques. Non, ce n'est point pour décrier Sparte, que je me livre à ces reproches; je voudrais, par de simples discours, s'il est possible, l'engager à réformer son plan. Mais comment ramener quelqu'un de ses erreurs, et le porter à suivre une autre conduite, si on ne met quelque chaleur dans les plaintes? Reprendre dans le dessein d'of-

fenser, c'est le rôle d'un accusateur; reprendre
avec le désir de corriger, c'est l'office d'un ami
qui cherche à être utile; et il faut juger différem-
ment du même discours prononcé avec des in-
tentions différentes. Au reste, ne pourrions-nous
pas reprocher encore à Lacédémone, qu'elle force
ses voisins de lui obéir en esclaves, tandis qu'elle
ne prend aucunes mesures pour que les Grecs,
ayant terminé leurs différends, et se liguant entre
eux, soient en état d'assujettir tous les Barbares
à la nation? Toutefois, c'est à de pareils projets
que doivent s'attacher des hommes grands par
eux-mêmes, et non par la fortune; au lieu de
rançonner de malheureux insulaires, qu'on ne
peut voir sans pitié, obligés, faute de terrain,
de labourer des montagnes arides, tandis que les
peuples du continent, possesseurs de vastes contrées, tirent d'immenses richesses du peu qu'ils
cultivent, et en laissent une grande partie sans
culture.

XXXVII. Oui, j'ose le dire, si des hommes,
transportés tout à coup dans la Grèce, voyaient
ce qui se passe parmi nous, ils croiraient que c'est
une folie aux peuples d'Athènes et de Lacédémone, de combattre entre eux pour des objets
médiocres, lorsqu'ils pourraient acquérir sans
périls des biens considérables; de ravager leurs
propres campagnes, et de négliger les belles productions de l'Asie. Le roi de Perse n'a rien plus
à cœur que d'entretenir parmi nous des guerres
continuelles : nous, au contraire, loin de chercher à mettre la division dans son royaume, et à
semer le trouble dans ses États, nous nous em-
pressons d'arrêter les mouvements que le hasard
y fait naître. Deux armées sont dans l'île de
Cypre[1]; nous laissons le monarque employer

1. On sait qu'Artaxerxès attaqua, après la paix, Évago-
ras, roi de Salamine, dans l'île de Cypre. Il y avait,

l'une, assiéger l'autre, quoique toutes deux soient tirées de la Grèce. On voit, d'un côté, que ceux qui se sont soulevés contre lui sont bien disposés à notre égard, et se donnent aux Lacédémoniens; de l'autre, que les meilleurs soldats qui servent sous Tiribaze sont sortis de chez nous, et que l'Ionie a fourni la plus grande partie de la flotte. Il serait bien plus satisfaisant pour ces troupes, de se réunir pour ravager l'Asie, que de combattre mutuellement pour de frivoles intérêts. Peu touchés de ces désordres, nous nous disputons les îles Cyclades, tandis que, sans y faire la moindre attention, nous abandonnons au roi de Perse des flottes nombreuses et de puissantes armées. De là ce prince opprime ceux-ci, menace ceux-là, agit sourdement contre plusieurs, nous méprise tous. Et certes, c'est avec raison, puisqu'il est enfin parvenu à ce que ne put jamais obtenir aucun des monarques qui l'ont précédé : reconnu souverain de toute l'Asie par les républiques d'Athènes et de Lacédémone, il dispose, en maître, des villes grecques asiatiques, démolit les unes, établit des forteresses dans les autres; et tous ces actes d'un pouvoir suprême doivent être attribués, moins à ses forces qu'à notre aveuglement.

XXXVIII. Il en est cependant que sa puissance étonne, qui le disent invincible, et qui citent avec complaisance toutes les révolutions qu'il a opérées dans la Grèce. Tenir un pareil langage, c'est moins nous dissuader de notre expédition, que nous avertir de la hâter. Car si c'est une chose si difficile que de vaincre le roi de Perse, en supposant son royaume divisé et la Grèce d'accord, que n'avons-nous pas à craindre lorsqu'une fois la paix sera rétablie dans ses États,

sans doute, des troupes grecques dans l'armée de ce prince, comme dans celle du roi de Perse. Tiribaze était un des généraux d'Artaxerxès.

que son autorité sera entièrement affermie, et que
les Grecs continueront d'être en guerre les uns
avec les autres? Combattre ainsi mon projet, c'est
donc le favoriser; mais ce n'est pas se faire une
idée juste des forces du roi barbare. Si l'on mon-
trait qu'auparavant il eût triomphé d'Athènes et
de Lacédémone réunies, on serait fondé à nous
le représenter comme redoutable; mais s'il ne
peut se glorifier d'un semblable triomphe, si,
dans le seul cas de nos guerres avec Sparte, tout
son pouvoir s'est borné à relever les espérances
de l'une ou l'autre république, est-ce là une preuve
de sa supériorité personnelle? En pareille occasion, les moindres forces ont souvent fait pencher
la balance : comme on a vu le peuple de Chio
décider l'avantage des puissances maritimes qui
l'ont attiré dans leur parti.

XXXIX. Ce ne sont donc pas les exploits du
monarque uni avec un des deux peuples, mais les
guerres qu'il a soutenues par lui-même et pour
ses propres intérêts, qui doivent vous faire juger
de ses forces. Or, quand l'Egypte se souleva,
quels furent ses succès contre les auteurs de la
révolte qui s'étaient saisis de l'empire? N'en-
voya-t-il pas contre eux ses plus fameux capitaines, Acrocomas, Tithrauste, Pharnabaze? Après
trois ans de guerre, où ils furent plus souvent
vaincus que vainqueurs, ils se retirèrent enfin
avec ignominie, et laissèrent les Egyptiens, non-
seulement recouvrer leur liberté, mais encore
entreprendre sur celle de leurs voisins. Il attaqua
ensuite Evagoras, qui règne dans une seule ville
de l'île de Cypre, et qui n'était pas compris dans
nos traités. Evagoras avait déjà été battu sur mer,
et n'avait, pour défendre son pays, que trois mille
hommes de troupes légères : avec si peu de ressource, il résiste depuis trois ans au roi de Perse,
qui n'a encore pu le vaincre; et s'il faut juger de

l'avenir par le passé, il y a lieu de croire qu'avant qu'il ait réduit le roi de Salamine, quelque autre prince tributaire se révoltera; tant il y a de lenteur dans les entreprises du monarque! Dans la guerre de Cnide, où les alliés de Lacédémone étaient bien disposés pour ce prince, vu la dureté avec laquelle on les gouvernait; dans cette guerre, où ses vaisseaux étaient remplis de rameurs athéniens, ses troupes commandées par Conon, le plus affectionné pour les Grecs, le plus vigilant des capitaines, le plus expérimenté des généraux; secondé par un tel homme, il a laissé investir par cent galères toute sa flotte pendant trois ans, il a laissé les soldats manquer de paye pendant quinze mois. Ils furent souvent à la veille de l'abandonner, et ils l'auraient fait immanquablement, si, pressés par le péril et par la ligue de Corinthe [1], ils n'eussent enfin combattu et remporté à grand'peine une victoire navale. Voilà ces exploits célèbres, ces expéditions du grand roi, que vantent sans cesse les admirateurs des forces asiatiques.

XL. Et l'on ne dira pas qu'usant de mauvaise foi, je supprime les objets les plus essentiels pour m'arrêter aux plus médiocres; car, dans la crainte de ce reproche, je me suis borné aux faits les plus éclatants, quoique je n'ignore pas les autres. Je sais que Dercyllidas [2], avec mille hommes d'infanterie pesante, s'est rendu maître de l'Eolide; que Dracon, après avoir pris Atarnée, et ramassé

1. *Ligue de Corinthe*, ligue formée contre Lacédémone, dans laquelle entrèrent les Thébains, les Argiens et les Athéniens. Isocrate l'appelle *ligue de Corinthe*, parce que les Corinthiens en étaient les auteurs et les principaux chefs.

2. Xénophon dans ses histoires grecques, parle d'un Dracon de Pallène, que Dercyllidas, après avoir pris la ville de Chio, y laissa pour gouverneur; mais il ne dit rien de la prise d'Atarnée par le même Dracon, ni de l'expédition en Mysie.

trois mille soldats légèrement armés, a désolé les
campagnes de la Mysie; que Thimbron, avec un
peu plus de troupes, s'est jeté dans la Lydie, qu'il
a ravagée tout entière; qu'enfin Agésilas, avec
l'armée de Cyrus, s'est emparé de presque tout le
pays en deçà du fleuve Halys. Ni les milices des-
tinées à la garde du prince, ni les soldats levés
dans l'intérieur du royaume, ne sont fort à redou-
ter. Les Grecs qui ont accompagné Cyrus ont bien
fait voir que les guerriers tirés du centre de la
Perse ne valaient pas mieux que les troupes ra-
massées sur les côtes. Je ne parlerai point de leurs
autres défaites; je les impute à leurs divisions,
et je suppose qu'ils combattaient à regret contre
le frère de leur monarque. Mais lorsqu'après la
mort de Cyrus, tous les peuples de l'Asie se réuni-
rent contre les Grecs, ils se déshonorèrent alors
de manière à fermer la bouche aux plus zélés partisans du courage des Perses. Maîtres de six mille
Grecs qu'ils tenaient comme enfermés; qui, loin
d'être des soldats d'élite, n'étaient que le rebut
des villes d'où le vice et l'indigence les avaient
chassés; maîtres de six mille hommes qui igno-
raient les chemins, qui se voyaient dépourvus
d'alliés, privés du général leur conducteur, et
trahis par les Barbares qu'ils avaient accompa-
gnés, ils se montrèrent bien inférieurs à nous
dans cette circonstance. Livré à l'incertitude, et
se défiant du courage de ses propres troupes,
leur monarque fut assez lâche pour retenir les
chefs de nos Grecs contre la foi des traités : il
crut, par cette perfidie, mettre le désordre dans
leur armée, et craignit moins d'outrager les dieux
que d'attaquer les Grecs à force ouverte. Mais,
voyant, contre son attente, les soldats rester
inébranlables, et supporter leur disgrâce avec
fermeté, frustré du prix de son crime, il envoya
Tissapherne avec sa cavalerie pour les inquiéter

dans leur retraite. Continuellement harcelés, les
Grecs achevèrent leur marche avec autant de sécurité que si les troupes qui les poursuivaient
eussent été pour eux une escorte, ne redoutant
rien tant que les lieux abandonnés, et regardant
comme un avantage de rencontrer beaucoup d'ennemis. En un mot, quoique ce ne fût point pour
piller des campagnes ou ravager une seule ville
qu'ils eussent passé en Asie, mais pour attaquer
le roi même dans le centre de ses États, ils se
retirèrent plus sûrement que des ambassadeurs
qu'on aurait envoyés vers ce prince pour demander son alliance. Il est donc vrai que les Barbares
ont donné partout des preuves de lâcheté. Que
de défaites n'ont-ils pas essuyées sur les côtes
de l'Asie ! Entrés dans l'Europe, ils ont payé
cher leur passage ; les uns ont péri malheureuse-
ment, les autres n'ont échappé que par une fuite
honteuse ; enfin ils se sont couverts d'opprobre
jusque sous les murs du palais de leurs rois.

XLI. Et toutes ces disgrâces ne sont pas l'effet
du hasard : les Perses ne devaient pas mieux réussir. Pourraient-ils, avec leur gouvernement et
leur éducation, acquérir quelque vertu, ou obtenir d'autres succès à la guerre ? Pourraient-ils,
dans leurs mœurs, former de bons capitaines et
de braves soldats ? Chez eux, le peuple n'est
qu'une multitude confuse, sans fermeté dans les
périls, sans vigueur dans les travaux, une troupe
de gens mieux dressés à la servitude que nos esclaves. Les principaux du pays, les grands du
royaume, ne connurent jamais la modération
qu'inspirent les lois, ni l'égalité qui doit régner
parmi des hommes. Opprimant et rampant tour
à tour, cœurs dépravés et sans principes, l'or
éclate sur leurs personnes ; leur âme, avilie par
la crainte, tremble sous un despote. Dès le matin,
on les voit accourir aux portes du palais, se pro-

sterner à l'approche du maître, ne se croyant
jamais assez bas, adorant un mortel, lui rendant
un culte comme à une divinité, et craignant plus
un homme que les dieux mêmes. Ces grands que
le prince envoie du côté de la mer, et que nous
appelons satrapes, ne dérogent point à de pareilles mœurs; en changeant d'état, ils ne changent
point de caractère. Lâches devant leurs ennemis,
perfides envers leurs amis, orgueilleux et vils,
méprisant leurs alliés, flattant leurs adversaires,
on les a vus soudoyer pendant huit mois l'armée
d'Agésilas, qui marchait contre eux; et pendant
seize autres, frustrer de leur paye des troupes qui
avaient combattu pour leur défense : on les a vus
distribuer cent talents[1] aux soldats qui s'étaient
jetés dans Cisthène, et traiter plus mal que des
prisonniers ceux qui avaient partagé leur expédition de Cypre. En un mot (car je veux épargner
les détails), pour avoir droit à leurs bienfaits,
n'a-t-il pas suffi de leur faire la guerre? Et pour
prix des services qu'a-t-on recueilli, sinon les
tourments et la mort? Ils ont eu la barbarie de
faire mourir Conon, qui, commandant pour l'A-
sie, avait abattu l'empire des Lacédémoniens.
Ils ont, au contraire, prodigué les honneurs et
les présents à Thémistocle, qui, combattant pour
la Grèce, les avait vaincus dans une bataille navale. Eh! qui pourrait rechercher l'amitié de ces
perfides, qui ne réservent que des supplices pour
leurs bienfaiteurs, tandis qu'ils flattent bassement
les auteurs de leurs disgrâces? Quel peuple de la
Grèce fut à l'abri de leurs outrages? Cessèrent-ils
jamais de méditer notre ruine? ont-ils rien res-
pecté dans nos contrées? n'ont-ils pas, dans la
dernière guerre, porté les mains jusque sur les
statues des dieux, pillé et embrasé leurs de-

1. 300,000 fr. — L'histoire ne dit rien de ce fait rapporté
par Isocrate.

meures sacrées ? Aussi les Ioniens méritent-ils
des éloges, pour avoir prononcé des imprécations, après l'incendie des temples, contre ceux
qui entreprendraient de les relever ou d'en bâtir
de nouveaux sur les mêmes fondements. Non
qu'ils manquassent de ressources pour les rétablir, mais ils voulaient laisser à la postérité un
monument de l'impiété des Barbares; ils voulaient apprendre à leurs descendants à ne jamais
se lier avec des peuples qui attaquaient les dieux
mêmes, à se tenir toujours en garde contre des
ennemis qui faisaient la guerre non-seulement aux
hommes, mais encore aux objets les plus saints
de la religion.

XLII. Les Athéniens sont pénétrés des mêmes
sentiments; et je pourrais en citer un grand
nombres de preuves. Quand nous sommes en
guerre avec d'autres peuples, la paix conclue,
nous oublions nos anciennes inimitiés : mais pour
les Barbares asiatiques, nous ne leur savons pas
même gré de leurs services; tant la haine que
nous leur avons jurée est implacable. Nos pères
ont condamné à mort plusieurs citoyens [1] pour
leur attachement aux Perses. Encore aujourd'hui,
dans nos assemblées, avant de traiter aucune affaire, on prononce des imprécations contre celui
des citoyens qui recherchera l'amitié des Perses :
c'est en haine des Perses que, dans la fête des
initiations, les Eumolpides [2] et les Céryces in-
terdisent les sacrés mystères à tous les Barbares
en général, comme aux homicides. Nous sommes
tellement leurs ennemis au fond du cœur, que les

1. Démosthène nous parle de Cyrsile, de Callias, et
d'autres encore, qui furent condamnés à mort pour avoir
agi ou parlé en faveur des Perses.
2. Eumolpides et Céryces, familles sacerdotales d'A-
thènes, dont Eschine parle dans sa harangue sur la Cou-
ronne.

tragédies qui nous intéressent le plus, sont celles qui nous représentent les infortunes des Perses et des Troyens. Nous avons des hymnes d'allégresse pour les victoires remportées sur les Barbares, et des chants de deuil pour les guerres des Grecs entre eux. On chante les unes dans les jours de prospérité ; on réserve les autres pour les temps de douleur et d'affliction. Sans doute, ce qui a donné tant de célébrité aux poésies d'Homère [1], c'est qu'il a fait les plus grands éloges des Grecs qui ont combattu contre les Barbares ; et si nos ancêtres ont voulu que son art tînt une place honorable, soit dans les combats du génie, soit dans l'éducation de la jeunesse, c'est afin que, frappés sans cesse du son de ses vers, nous nous pénétrions de cette haine immortelle qui doit régner entre les Barbares et nous ; et que, nous piquant d'émulation pour le courage des vainqueurs de Troie, nous brûlions de nous signaler contre les mêmes ennemis.

XLIII. Tous ces motifs, assurément, sont bien capables de nous déterminer à faire la guerre aux Perses ; mais le plus important de tous est la circonstance présente. Il est évident que nous ne devons pas la négliger, puisqu'il est honteux de laisser échapper l'occasion lorsqu'elle s'offre, et de la regretter lorsqu'elle est passée. Or, je le demande, quelles conjonctures plus heureuses pourrions-nous attendre pour déclarer la guerre au monarque barbare ? L'Egypte et l'île de Cypre ne se sont-elles pas soustraites à sa domination ? La Phénicie et la Syrie ne sont-elles pas ravagées

---

1. L'étude des poésies d'Homère faisait, à Athènes et dans toute la Grèce, une des parties principales de l'éducation. Ce qu'Athènes avait de particulier, c'est que dans certains jours de fête, dans la célébration de certains jeux, on lisait publiquement les plus beaux endroits de ce poëte célèbre.

et dévastées? Tyr, qui le rendait si fier, n'est-il pas entre les mains de ses ennemis? La plupart des villes de la Cilicie sont au pouvoir des amis de la Grèce, et il n'est pas difficile d'emporter les autres : les Perses ne furent jamais maîtres de la Syrie ; Hécatomnus, gouverneur de Carie, depuis longtemps ne tient plus qu'en apparence au parti des Barbares : il se déclarera dès que nous le voudrons. Depuis Cnide jusqu'à Sinope, ce sont des Grecs qui occupent l'Asie ; ils n'ont pas besoins d'être excités à faire la guerre, il suffit de ne pas les en détourner. Mais, puisque nous serons aidés de tant de secours, et l'Asie attaquée de tant de côtés, pourquoi entrer dans le détail de ce qui arrivera infailliblement? Les Barbares ne peuvent résister à quelques parties de la Grèce; tiendront-ils contre ses forces réunies? Si le prince, en redoublant les garnisons, se fût assuré des villes maritimes, peut-être les îles voisines de son royaume, Rhodes, Samos, Chio, seraient-elles disposées à suivre sa fortune. Mais, si nous nous emparons les premiers de ces îles, il est certain que nous serons bientôt maîtres de la Lydie, de la Phrygie, et de toutes les régions supérieures. Hâtons-nous donc, de peur que, par nos délais, nous ne tombions dans le même inconvénient que nos pères. S'étant laissé prévenir par les Barbares, et ayant négligé de secourir quelques-uns de leurs alliés, ils furent obligés de combattre en petit nombre contre une multitude d'ennemis, tandis qu'ils auraient pu passer les premiers en Asie avec toutes les forces de la Grèce, et soumettre successivement les divers peuples qu'elle renferme. C'est un principe que, lorsqu'on fait la guerre à des ennemis qui se rassemblent de différents lieux, il ne faut pas attendre, pour les attaquer, qu'ils soient réunis. La faute qu'avaient commises nos pères, ils la répa-

rèrent glorieusement par les combats célèbres
qu'ils soutinrent. Si nous somme sages, nous
prendrons de loin nos mesures, et nous prévien-
drons nos ennemis en nous hâtant d'envoyer des
troupes dans l'Ionie et dans la Lydie; assurés que
les peuples asiatiques n'obéissent au roi de Perse
qu'à regret, et parce qu'il est plus fort que chacun d'eux. Si donc nous allons attaquer ce prince
avec des troupes supérieures aux siennes, avec
les forces de la Grèce, que nous réunirons sans
peine lorsqu'il sera nécessaire, nous nous rendrons
facilement les maîtres de toute l'Asie : et combien
n'est-il pas plus beau d'en disputer l'empire au
monarque, que de combattre entre nous pour la
primauté!

XLIV. Commençons dès à présent cette expédition, afin que ceux qui ont eu part aux malheurs, participent aussi à la prospérité, et ne
meurent pas dans leur infortune. Il n'y a que
trop longtemps que nous souffrons : eh! quelles
calamités n'avons-nous pas essuyées? Comme si
les maux attachés à la nature humaine ne suffi-
saient pas, nous avons travaillé nous-mêmes à
en augmenter le nombre, par nos divisions et
nos guerres intestines : guerres malheureuses,
qui ont fait périr indignement les uns dans le
sein de leur patrie, fait errer les autres avec leurs
femmes et leurs enfants dans une terre étrangère,
en contraignant plusieurs, par la plus extrême
indigence, de vendre leur sang à des ennemis
pour combattre leurs propres amis. Et l'on n'est
pas touché à la vue de ces tristes événements!
On s'attendrit, jusqu'aux larmes, sur des malheurs chimériques, imaginés par les poëtes; et
ces maux trop réels, ces maux affreux et multipliés, suite de nos divisions, loin d'y être sen-
sibles, nous ne les voyons qu'avec indifférence,
au point de jouir du mal que nous nous faisons

mutuellement, plus que du bien qui nous arrive!
On insultera peut-être à ma simplicité, et l'on
sera surpris que je m'occupe à déplorer les malheurs de quelques particuliers, pendant que
l'Italie est dévastée, la Sicile asservie, tant de
villes livrées aux Barbares, toute la Grèce enfin
exposée aux plus grands dangers.

XLV. Et moi, je m'étonne que les chefs de
nos républiques, qui ont une si haute opinion
d'eux-mêmes, n'aient encore rien proposé, rien
imaginé pour remédier aux maux de la nation.
S'ils étaient vraiment dignes des honneurs dont
ils jouissent, n'auraient-ils pas dû, renonçant à
tout autre soin, se porter les premiers à conseiller la guerre contre les Barbares? Peut-être auraient-ils réussi; ou si la mort eût prévenu le
succès de leurs conseils, du moins leurs paroles,
comme autant d'oracles, auraient instruit les
siècles suivants. Mais que voit-on? revêtus des
premières dignités de leurs villes, ceux qui gou-
vernent épuisent toutes leurs forces sur des intérêts médiocres, et nous abandonnent, à nous qui
n'avons aucune part aux affaires publiques, le
soin de donner des conseils sur les sujets les plus
importants. Mais, plus nos chefs manquent de
grandes vues, plus nous devons nous appliquer à
trouver des remèdes aux divisions qui nous dé-
chirent. C'est en vain aujourd'hui que nous scel-
lons des traités: nous ne terminons pas les guerres,
nous ne faisons que les suspendre, en attendant
le moment favorable de nous porter des coups
mortels.

XLVI. Rejetons avec horreur de pareils desseins, embrassons avec zèle une entreprise capable de rétablir la sûreté dans les villes, et de
remettre la confiance entre les républiques. Le
projet est simple et facile à comprendre. Pour
ramener parmi nous la paix et pour la cimenter,

il faut nécessairement réunir nos forces contre
les Barbares ; et il n'y aura jamais de concert
entre les Grecs, à moins qu'unis d'intérêts, ils ne
marchent contre l'ennemi commun, dont la haine
les aura réconciliés. Quand nous aurons exécuté
ce projet, et que nous nous serons affranchis des
besoins de l'indigence, de ces besoins qui rom-
pent les liens de l'amitié, qui jettent la discorde
entre les parents, qui font naître parmi les hommes les dissensions et les guerres ; alors, n'en
doutons nullement, nous nous rapprocherons les
uns des autres, et nous établirons entre nous une
amitié sincère et durable. Animés par de tels motifs, faisons notre objet principal de transporter
la guerre de nos contrées dans l'Asie ; et que
l'expérience acquise dans nos combats mutuels,
nous serve du moins dans l'entreprise que nous
méditons contre les Barbares.

XLVII. Mais peut-être qu'au lieu de précipiter
l'expédition que je conseille, il nous conviendrait de différer par égard pour les traités. Traités
honteux ! par lesquels celles des villes grecques
qui ont été rendues libres, se croient obligées
envers le roi de Perse, et le regardent comme
l'auteur de leur liberté, tandis que celles qui ont
été livrées à l'ennemi commun, se plaignent que
les Lacédémoniens et les autres confédérés ont
sacrifié la liberté d'autrui à leur intérêt propre.
Mais doit-on maintenir des traités par lesquels un
Barbare est regardé comme le protecteur, le pa-
cificateur de la Grèce, et nous comme des oppresseurs et des fléaux publics ? Mais voici ce qu'il y
a de plus révoltant encore : les articles qui nous
assuraient la liberté des îles et des villes de l'Europe, il y a longtemps qu'ils sont oubliés, et c'est
en vain qu'ils sont gravés sur des colonnes ; ceux,
au contraire, qui nous sont le plus défavorables,
nous les observons avec un scrupule religieux.

Oui, ces articles, qui nous couvrent de déshon-
neur, qui ont livré aux Barbares plusieurs de nos
alliés, ils sont conservés, et nous les jugeons in-
violables. Enfin, nous confirmons toutes les clauses
que nous ne devrions pas laisser subsister un seul
jour, qu'il faudrait regarder comme des lois de
la force, et non comme des garants de conciliation. Ignore-t-on, en effet, que, dans les traités
de conciliation, les deux partis sont également
ménagés, et que, dans les autres, l'un est toujours
injustement sacrifié? Aussi avons-nous raison de
nous plaindre des députés chargés de nos pou-
voirs; nous leur reprochons avec justice, qu'envoyés par les Grecs pour faire la paix, ils ont
conclu en faveur des Barbares. En effet, soit
qu'ils décidassent que de part et d'autre on re-
prendrait ses possessions, ou que l'on garderait
ce qu'on avait conquis dans le cours de la guerre,
ou que l'on resterait maître de ce qu'on possédait
immédiatement avant la paix, ils devaient régler
et déterminer quelqu'un de ces articles, le décider également pour les deux partis, et l'énon-
cer clairement dans le traité. Mais, tandis qu'ils
n'accordent aucun avantage ni à la république
d'Athènes ni à celle de Lacédémone, ils assurent
à un Barbare la souveraineté de l'Asie, comme si
nous eussions combattu pour ses intérêts, ou que
l'empire des Perses fût très-ancien, et que la fondation de nos deux républiques fût toute nouvelle, quoiqu'il soit vrai de dire que les Perses
ne sont connus que récemment, et que de tout
temps nous sommes les chefs et les arbitres de la
Grèce.

XLVIII. Mais, pour concevoir l'injure qui
nous est faite, et les avantages excessifs accordés
au monarque barbare, regardons la terre comme

divisée en deux parties, l'Europe[1] et l'Asie : le prince a pris pour sa part une des deux moitiés, comme si ce n'était pas un homme qui eût traité avec des hommes, mais Jupiter lui-même qui eût partagé le monde avec ses frères. Il nous a forcés de graver sur la pierre cet acte déshonorant, et de placer dans nos temples ce monument d'ignominie, comme un trophée plus magnifique que ceux qu'on érige après une victoire. On érige ceux-ci pour de simples exploits et pour un seul événement ; celui-là est érigé pour toutes les actions d'une guerre, et à la honte de toute la Grèce. Cet affront doit nous indigner ; il doit nous faire prendre les moyens de venger le passé et de régler l'avenir. Eh ! n'est-il pas honteux que la république souffre qu'un si grand nombre d'alliés soient assujettis à des Barbares, lorsque, dans nos maisons, nous ne regardons les Barbares[2] que comme des gens propres à être nos esclaves ? Les Grecs, nous le savons, se sont tous réunis devant Troie pour venger l'enlèvement de la femme d'un de leurs chefs, et, partageant son injure, ils n'ont déposé leurs armes qu'après avoir ruiné la patrie du coupable ravisseur : et nous, ô honte ! nous, enfants de ces héros, nous regarderions d'un œil tranquille les outrages faits à toute la Grèce, lorsque nous pourrions les venger avec un succès digne de nos vœux ! La guerre que je propose est la seule que nous pourrions préférer à la paix, et qui aurait plutôt l'air des préparatifs d'une fête que d'une expédition militaire. Egalement utile

1. Les anciens Grecs ne faisaient pas de l'Afrique une troisième partie du monde, comme on le fit dans la suite, ils la confondaient avec l'Asie.

2. On se rappelle que les Grecs donnaient le nom de Barbares à tous les peuples qui n'étaient pas de leur nation. Les Athéniens tiraient leurs esclaves de la Thrace, et d'autres pays hors de la Grèce.

à ceux qui soupirent après le repos, et à ceux qui
ne respirent que les combats, elle procurerait aux
uns le moyen de jouir tranquillement de leur fortune, aux autres le moyen de s'enrichir aux dépens
de l'ennemi.

XLIX. Oui, sous quelque face qu'on envisage
cette entreprise, elle ne peut que nous être avan-
tageuse. Si, nous dépouillant de tout esprit d'ambition et de conquête, nous ne voulons agir que
par des vues d'équité, contre qui devons-nous
tourner toutes nos forces? N'est-ce pas contre ceux
qui, autrefois, ravagèrent la Grèce, qui, aujourd'hui
méditent encore notre ruine, et qui, dans tous
les temps, n'ont cherché qu'à nous nuire? Quels
sont les hommes dont les Grecs, s'il leur reste
encore quelque énergie, ne doivent voir qu'avec
douleur la prospérité? N'est-ce pas ceux qui jouissent d'une puissance presque égale à celle des
dieux, et qui valent moins que les derniers de nos
concitoyens? Contre quelle nation doivent porter
leurs armes les peuples qui, en se décidant par
des raisons de justice, n'oublient pas leur propre
utilité? N'est-ce pas contre leurs ennemis naturels,
contre les ennemis de leurs pères, qui, le plus
comblés de richesses, sont le moins capables de
les défendre? Or tous ces traits conviennent aux
Perses.

L. Ce qu'il y a aujourd'hui de plus dur pour
les villes, dans nos guerres mutuelles, c'est qu'elles
se voient épuisées par des levées de troupes : ici
nous n'aurons pas à craindre cet inconvénient;
car je pense que tous les Grecs, pleins d'une noble
émulation, se disputeront l'honneur de combattre
sous nos enseignes. Quel jeune homme assez lâche,
quel vieillard assez timide, refusera de partager
une expédition formée au nom et pour les intérêts
de toute la Grèce, commandée par les peuples
d'Athènes et de Lacédémone, consacrée à défen-

dre la liberté des alliés, et à tirer vengeance des
Barbares? De quelle gloire ne jouiront pas pendant leur vie, ou quel souvenir ne laisseront pas
après leur mort, ceux des Grecs qui se seront
signalés dans une cause aussi noble? Si les guerriers qui combattirent contre Troie, ont mérité
de si grands éloges pour avoir détruit une seule
ville, quelle célébrité ne doivent pas attendre les
conquérants de toute l'Asie? Quel poëte, quel
orateur ne s'exercera pas à immortaliser par des
écrits sublimes, et son génie et leur courage?

LI. Je m'imaginais dans mon début pouvoir
m'élever jusqu'à la hauteur de mon sujet; je sens
maintenant que je ne saurais y atteindre, et que
même j'ai omis bien des traits qui auraient pu em-
bellir et fortifier mon discours. C'est donc à vous
d'examiner par vous-mêmes quel bonheur ce
serait pour les Grecs, de transporter chez les
Barbares la guerre qui dévore actuellement nos
contrées, et de faire passer dans l'Europe toute
l'opulence de l'Asie. Que l'on ne se contente pas
de m'avoir entendu; que les politiques habiles
s'encouragent mutuellement, qu'ils s'exhortent
à l'envi à réunir les républiques d'Athènes et de
Lacédémone. Que nos sages, jaloux de la gloire
de l'éloquence, cessent d'écrire sur des objets
frivoles, peu dignes d'occuper leurs talents; que,
se disputant l'honneur de reprendre le même
sujet, ils s'étudient à le mieux remplir; qu'ils se
convainquent qu'après s'être engagés à traiter
des plus grandes choses, il leur conviendrait peu
de s'occuper d'objets médiocres; qu'enfin ils doivent composer, non des discours qui n'ajoutent
rien au bonheur des peuples qui les écoutent,
mais des harangues utiles qui, procurant à leur
pays les plus solides avantages, les mettront eux-
mêmes dans une heureuse abondance.